17音の青春　２０２１

五七五で綴る高校生のメッセージ

序に代えて

神奈川大学全国高校生俳句大賞専門委員会委員長
三浦大介

コロナ禍である。昨年の春からこの方、社会生活のあり様について大幅な変更を余儀なくさせる、人間にとっての大きな試練が続いている。ただこれまでも、例えば戦争や自然災害といった生存への危機に直面したとしても、俳句は詠まれ続けてきたのである。句作に必要な感受性はむしろ、こうした危機の時代にこそ研ぎ澄まされるのかもしれない。

第二三回神奈川大学全国高校生俳句大賞は、過去最大である二五六校からの応募があり、応募数一三八三九通も過去にない数であった。また、句作のレベルも高く、現下の状況に対する想いを背景に、応募者の高校生たちがそれぞれの秀作を生み出したのであろう。

今回の予選選考は例年同様、恩田侑布子、北川素月、清水青風、橋本直、原千代、若井新一の諸先生方にお願いをした。本選選考は、宇多喜代子、大串章、長谷川櫂、復本一郎の諸先生方に、今回も労をとっていただいた。長年にわたり本選選考の選者をお願いしていた黛まどか先生は、まことに残念ながら前回をもってご勇退されたことを、ここに付記させていただく。

今回の選考は、なるべく選者の先生方の対面を避けるかたちで行われた。それだけに先生方にはお手数をおかけすることにもなったが、高校生の俳句に対する、期待のこもった厳しい選考は、従来と変わるところはなかった。

諸制約の下で句作に励み、応募していただいた高校生の皆さんに、この場を借りて敬意を表するとともに、感謝申し上げる次第である。

選考委員から

過去は未来

宇多喜代子

本年は百年に一度という疫病拡大のため地球上のみんなが当事者ということになり、高校生の皆様にも学校生活、日常生活に思わぬ支障が生じ不自由な日々をお過ごしのことと思います。皆様には、今、自身も当事者であること、生じていることをよくよく見知っておいていただきたい、そう思います。あなた方が社会の中核を担う何年か先に、もし思わぬ事態が生じたとき、過去の出来事となる今日の大事小事はかならず事態突破の参考の一助になると思います。

俳句においても然りです。現在の俳句、未来の俳句に大事なのは過去の俳句です。先人たちが開拓した俳句の言葉、俳句のかたち、俳句のテーマ、表現の技法など、学ぶべきは多々あります。国内外のいろんな人たちの「俳句」についてテキストになるような有効な論やコメントを知ることも大事ですが、例えば近代の百幾年かの間に、先人たちが開拓した多様な俳句を知ってゆくことも大事です。すると、自ずと好きな俳句、好きな俳人が見つかります。そうした出会いを楽しんでいただきたいと思います。

さて、今回寄せられました俳句を拝見しながら、みな「巧い」と感心しました。

素振りあと百回風よ夏空へ　里舘園子
散る桜バイクゆっくり流すとき　藤原幹伸
電車来る風が葉葱を震わせる　滝本圭佑
冷蔵庫異国の市の匂ひして　小林怜子
教科書は線を引くだけ夏の空　坪田陽菜

最優秀賞五作品より忘れがたい一句を選んでみました。選外にもいい句が多々ありました。高校生時代に残した各自の俳句は、かならず五年先、十年先の皆様の俳句のよき軌跡になり、未来への標になることと思います。

サルトルを見たことのある京の秋　喜代子

宇多喜代子（うだ・きよこ）　一九三五年、山口県生まれ。大阪へ転居し、転入した府立桜塚高等学校時代より句作。「獅林《しりん》」へ入る。一九六九年、桂信子の「草苑《そうえん》」入会。「草苑」終刊後、「草樹」会員。著書に句集『りらの木』『夏月集』『象』『記憶』『宇多喜代子俳句集成』『森へ』、評論集に『ひとたばの手紙から』『古季語と遊ぶ』『名句十二か月』『里山歳時記』『俳句と歩く』『この世佳し　桂信子の百句』など。二〇一九年に文化功労者に選出。

継続は力なり

大串　章

私は中学2年の時、肺浸潤を患い2年間休学した。それを機に俳句・短歌・詩を作り始め、毎日中学生新聞に投稿した。当時のスクラップブックを見ると、俳句「大きさをくらべ居るなり初氷」「蝶々や試歩する我を追いこしぬ」、短歌「安静の時間すみけりもどかしく卵をとりに鶏小屋に行く」「気分よき今朝は試歩する道程を二百米に延ばしみにけり」、詩「春です　春が来たのです　ねているぼくにもわかります　学校にかよう　友達の　声がはずんで聞こえます　いつも寒がる弟が　元気に遊びに出て行って　なかなか帰って来ないのは　きっと寒くはないからです　春です　春が来たのです」などがある。今思うと、作品を作ることが心の支えとなり、病を克服することが出来た。病が癒え、復学してからも、俳句・短歌・詩を作り続けたが、やがて俳句一本に絞ることになった。理由は二つある。一つは、そのころ読んだ阿部王樹主宰「小同人」の巻頭言「俳句や短歌が藝術であるとかないとか、或は準藝術とか稱へ出して、平地に一石を投じた気もち誇らかな連中がゐる。（略）藝術であろとあるまいと、どうでもいゝ。俳句は生死の道だと思つて疑はずに精進する事だ」に衝撃をうけたこと。二つ目は、ＮＨＫ佐賀放送局のラジオ俳壇選者森永杉洞老師がたまたま拙宅に来られた時、季題や切字のことは一切仰らず、「章君、俳句は平等だよ。身分や肩書は何の関係もない。章君のように俳句を始めて2、3年の者も、拙僧の如く50年近くやっている者も、句がよければ句会で選ばれる」と仰ったのを聞き、なるほど、俳句っていいなぁと子供心に思ったこと。この二つが切っ掛けとなり私は俳句の道を歩み始めた。あれから65年、今や俳句は私の生き甲斐になっている。高校生の皆さん、皆さんもぜひ俳句を作り続けて下さい。

青嶺あり青嶺をめざす道があり　章

大串章（おおぐし・あきら）　一九三七年生まれ。大学時代、「青炎」「京大俳句」などに参加。一九五九年、大野《おおの》林火《りんか》に師事。一九九四年、俳誌「百鳥《ももとり》」を創刊・主宰。句集に『朝の舟』（俳人協会新人賞）、『大地』（俳人協会賞）、『山河』『海路』、評論集に『現代俳句の山河』（俳人協会評論賞）など。朝日新聞、愛媛新聞俳壇選者。日本文藝家協会理事。俳人協会会長。

俳句オタクにならないために

長谷川 櫂

俳句だけ作っていても俳句ができるわけではない。せいぜい型通りの俳句を量産し、いつか俳句オタクになってしまうのがオチ。俳句とは何かという問いの彼方には人間とは何か、言葉とは何か、宇宙とは何かという生涯をかけてとりくむべき壮大な問いが広がっている。

それらの問いに向き合うために十代でやっておくべきことの一つは兼好法師の『徒然草』を読むことだろう。『徒然草』といえば「ああ『高名の木登り』か」と多少うんざりする人がいるかもしれないが、あれは教訓好きの教科書制作者によるお子様向けの選択。「高名の木登り」（第一〇九段）だけが『徒然草』なのではない。

たとえば「家居のつきづきしく」と書き起こす第一〇段をはじめ同時代人や古人についての人物評が次々に現れる。田んぼの中で木のお地蔵様を洗う久我の内大臣こと久我通基（第一九五段）のようにしばしば変な人物、謎めいた人が登場する。兼好法師はそれらの人々を中世の合理精神で評してゆく。

極めつけは第八五段。「人の心、素直ならねば」とやおらはじまって「狂人の真似とて、大路を走らば、則《すなわ》ち狂人なり。悪人の真似とて、人を殺さば、悪人なり……」という激烈な結語へ導いてゆく。思えば「徒然なるままに」とはじまる序段の「あやしうこそ物狂ほしけれ」。心に浮かぶことを（いうまでもなく言葉にして！）書きとめていると、なぜ妖しく物狂おしいのか。ここには人間と言葉と宇宙の秘密が隠れているかもしれない。

最終の第二四三段は兼好法師自身の父の思い出である。八歳のとき「その教へ候ひける第一の仏は、如何なる仏にか候ひける」と質問すると、父は「空よりや降りけん。土よりや湧きけん」といって「笑ふ」。世の中をわかったかのように勘違いしている人への笑い、いくつになってもこの世は謎だらけであることを幼い息子にほのめかす父の笑いである。

『徒然草』は恐るべき本なのだ。

坊主一人何狂ほしき春の暮　　櫂

長谷川櫂（はせがわ・かい）　一九五四年、熊本県生まれ。俳人。東京大学法学部卒業、読売新聞記者を経て俳句に専念。朝日俳壇選者、ネット歳時記「きごさい」代表、俳句結社「古志」前主宰。『俳句の宇宙』で第十二回サントリー学芸賞、『虚空』で第五十四回読売文学賞を受賞。句集『九月』『沖縄』『震災歌集　震災句集』『九月』、著書『子規の宇宙』『一億人の「切れ」入門』『俳句生活』『文学部で読む日本国憲法』『俳句の誕生』など。

正岡子規の交友観

復本一郎

令和三年（二〇二一）は、「写生」を唱え、「月並《つきなみ》」を否定した近代俳句の祖正岡子規の百二十回忌に当る。子規は、明治三十五年（一九〇二）九月十九日に、数え年三十六歳で没している。私は、俳句仲間十数名とともに毎年、九月十九日には東京田端の大龍寺に墓参に行き、塔婆と花を手向けることにしている。今年で、七回目の墓参となる。

その子規が二十三歳の時に書いたエッセイに「交際」と題したものがある。「余は交際を好む者なり。又交際を嫌ふ者也《なり》」とはじまる。私は、十年ほど前に子規の交流の様子を書いた本のタイトルを『余は、交際を好む者なり　正岡子規と十人の俳士』（岩波書店刊）としたことであった。

子規のエッセイ「交際」の中には、左の一節がある。若い皆さんにも、大いに参考となるのではなかろうか。

朋友を撰ぶにも、先《ま》づ人物を見る。次に学識を見る也。正直にして学識ある人を第一等の友とす。多くは得《え》難《がた》し。さまで学問なきも、正直なるを、殊《こと》に淡泊なるを第二等の友とす。余が友、多くは此《この》中に属す。学識あれども不淡泊なる、利己心の強き、同感の情薄き者を第三等の友とす。余は、已《や》むを得ざる場合にあらざれば、是等の人と交らず。

〈一桶の藍《あゐ》流しけり春の川〉〈柿くへば鐘が鳴るなり法隆寺〉〈元日の人通りとはなりにけり〉〈いくたびも雪の深さを尋ねけり〉〈鶏頭の十四五本もありぬべし〉〈黒キマデニ紫深キ葡萄カナ〉などの句で知られている子規の、第一高等中学校時代の交友観、いかがであろう。こんな交友の中の一人に畏友夏目金之助（漱石）がいたのだった。

友遠方より来り燗酒注ぐ　　鬼ヶ城

復本一郎（ふくもと・いちろう）　一九四三年、愛媛県生まれ。横浜翠嵐高等学校卒。早稲田大学大学院文学研究科博士課程修了。国文学者。文学博士。福岡教育大学助教授、静岡大学教授を経て、現在、神奈川大学名誉教授。俳句集団「阿《あ》」代表。俳号、鬼ヶ城。著書（含編校注）に『鬼貫句選・独ごと』『子規紀行文集』（以上岩波文庫）、『連歌論集・能楽論集・俳論集』（小学館新編日本古典文学全集）、『笑いと謎―俳諧から俳句へ―』（角川選書）、『俳句と川柳』（講談社学術文庫）、『正岡子規　人生のことば』（岩波新書）、『歌よみ人　正岡子規』（岩波現代全書）など。公益財団法人神奈川文学振興会評議員。産経新聞〈テーマ川柳〉選者。第十八回現代俳句大賞受賞。

最優秀賞受賞作品

応募高校256校、応募数13,839通のなかから、
2020年11月9日に行われた選考会で決定した最優秀作品5作品です。

里舘園子
岩手県・水沢高等学校２年

待春や勝利を知らぬユニフォーム

マーチングバンド春泥踏み散らす

素振りあと百回風よ夏空へ

（さとだて・そのこ）この度は栄誉ある賞をいただき、たいへんありがとうございます。短詩部に入り俳句と出会ってから、何気ない日常が鮮やかに色づいていくように感じました。このような賞をいただいたこと、俳句の楽しさに気づけたことはかけがえのない仲間、ご指導してくださった先生方のおかげです。これからもこの受賞を励みに私らしい句を作り続けていきたいです。

藤原幹伸

福島県・保原高等学校4年

散る桜バイクゆっくり流すとき

蜉蝣やあいつ夜学にまた遅刻

蛾の鱗粉夜学帰りのバイクの灯に

（ふじわら・みきのぶ）一句目は、２５０ccのバイクで、散る桜の中をゆっくり走ってみたときの情景。二句目、暗くなると窓際に集まってくる蜉蝣。そしてその時刻にならないと登校してこないあいつ。三句目は、バイクで学校から帰宅したとき、ライトにこびりついた蛾の鱗粉に感じた孤独や無力感。四年間過ごした夜学の生活の一端を評価していただき、ありがとうございます。

滝本圭佑

東京都・海城高等学校2年

白靴の少し小さくなつてをり

秋風の中なる人と目の合ひぬ

電車来る風が葉葱を震わせる

（たきもと・けいすけ）この度、最優秀賞をいただきましたこと大変嬉しく思います。受賞した三句はどれも新型コロナウィルスの渦中で作句したものです。学校は休校となり吟行にも行けず俳句に心が向かなくなった時期もありましたがその分自分に向き合う時間が増え、俳句がもたらす心の豊かさに気づくことができました。この発見を胸にこれからも精進して参ります。

小林怜子

神奈川県・横浜翠嵐高等学校3年

駄菓子屋のくじ大当たり大暑かな

冷蔵庫異国の市の匂ひして

秋涼し地層のごときチョコケーキ

（こばやし・れいこ）この度は素晴らしい賞をありがとうございます。この場をお借りして、言葉を生活のための道具から心を動かす物へと変えてくださった方々と、日頃から俳句を指導してくださる先生に深く感謝申し上げます。物質的には紙面上に固定されたインクである文字から、物の質感や人間の生、感情が浮かびあがる作品づくりをしたいです。

坪田陽菜
愛媛県・済美平成中等教育学校4年

教科書は線を引くだけ夏の空
丸刈がちょっと合わない夏の君

夏休み一人称を「私」にす

（つぼた・はるな）この句を作ったとき、思い描いた風景は普段の学校生活でした。些細な日常を振り返ってみると、多くのことに気づくことができました。どんな言葉で日々を表現しよう、もっと句の世界を広げる言葉があるのではないかと迷うこともありましたが、納得のいく句ができて嬉しく思います。今後も日常の中で、自分を楽しませることのできる句を作っていきたいです。

第23回神奈川大学全国高校生俳句大賞選考座談会

第23回の選考会は、2020年11月9日、みなとみらいエクステンションセンター（KUポートスクエア）で行われました。
宇多喜代子、大串章、長谷川櫂、復本一郎の
各選考委員があらかじめ最も推薦する5篇（最優秀賞作品）に◎印、
推薦する65篇（入選作品）に○印を投票。得票結果を各作品の下に明記しました。

選考委員の先生方。上左から、復本一郎、宇多喜代子、長谷川櫂の各氏。下オンラインで参加した大串章氏。

フレッシュな作品

1

待春や勝利を知らぬユニフォーム
マーチングバンド春泥踏み散らす
素振りあと百回風よ夏空へ

宇多○　長谷川◎
大串○　復本

復本　ただいまから、選考会に入ります。例年通り、推薦者の多い作品から順に見てまいります。
　まず、1です。長谷川さんが最優秀賞作品に、宇多さん、大串さんが入選作品に入れていらっしゃいます。〈待春や勝利を知らぬユニフォーム〉〈マーチングバンド春泥踏み散らす〉〈素振りあと百回風よ夏空へ〉の三句です。長谷川さん、いかがでしょうか。
長谷川　特にいいと思ったのは三句目です。「素振りあと百回」で切って「風よ夏空へ」と続く、この切り方がフレッシュな感じがします。全体的に見ると、運動部の練習風景を詠んでいるわけです。若々しくて元気があっていいと思いました。
復本　はい、ありがとうございました。大串さん、いかがでしょうか。
大串　今おっしゃった「あと百回」は、百回も素振りをする若者らしさがありますし、「夏空へ」という座五の据え方も広やかで健やかで、いいと思います。それから、一句目の〈待春や勝利を知らぬユニフォーム〉も、物語を秘めているというか。結局、今まで勝利を経験したことがないユニフォームということで、そこに選手の感慨も込められていて、全体的にいいんじゃないかなと思います。

復本　はい、ありがとうございました。宇多さん、いかがですか。

宇多　ひねこびてなくていいと思いましたね。私は、この三句の中では、長谷川さんと同じで、三句目、「素振りあと百回」から「風よ」という言い方へ転換したところがすごくいい。「風よ夏空へ」はなかなか巧みな言い方だけど、くさみがなくていいように思います。

長谷川　「素振り」という切り返しがうまい。「風よ」というところも。

宇多　禁句になっている「高校生らしさ」とか何とかいうこと、これはもう通用しないんだけれども、そういう意味で言うと、これは年寄りが作った句じゃないというのは分かります。

復本　はい、ありがとうございます。野球でまとめた三句ということかと思います。どうということなく、あまり引っかからないので私は外してしまいましたが、先生方が言われるとおり、高校生らしい俳句ではあるなと思いました。

無頼で、真面目

2

散る桜バイクゆっくり流すとき
蜉蝣やあいつ夜学にまた遅刻
蛾の鱗粉夜学帰りのバイクの灯に

宇多○　長谷川◎
大串　復本○

復本　長谷川さんが最優秀賞候補、宇多さんと私が入選で選んでいます。長谷川さん、いかがでしょうか。

長谷川　この高校生の社会の中での位置、学校の中での位置、そこがすごく面白い。夜学に通っているのかもしれないですね。そういう人の、社会の中での位置みたいなものがよく出ています。

　一句目の「バイクゆっくり流すとき」。急いで行くときは「散る桜」のことなんか見やしないが、ゆっくり流して行くと「散る桜」がよく見える。この句は、その「散る桜」に酔うかのようにゆっくり流していると言ってもいい。それと、二句目の「あいつ夜学にまた遅刻」、これも夜学の、その教室の授業が始まったときの感じが出ているんじゃないか。三句目の〈蛾の鱗粉夜学帰りのバイクの灯に〉も、「バイクで夜学に通っている高校生」という感じがよく出ています。

今の日本の現実の景色だけれども、時間がゆっくり流れている。台湾の映画なんかにこういうのがよくあるんですよね。「ちょっと無頼だけど、ちょっとナイーブな子」というイメージを僕は勝手につくり上げて、これを推しました。

復本　はい、ありがとうございました。宇多さん、いかがでしょうか。

宇多　「バイク」が一つの道具として三句をつないでいるんですよね。この「バイク」の使い方がうまいなと思った。「ゆっくり流すとき」でなければ「桜」は目につかないだろうし、この人の生活感というのか、日常の様子がよく分かって、「あいつ」に対する思いだとか、いいんじゃないかな。夜学へ行くときと帰るときか。夜学の最中か。きっと、夜学でお勉強なさっているんじゃないかしら。

復本　そうですね。私もこれ、いわゆる普通の高校生とはちょっとずれたところでの若者の生活というものが的確に表現されていて、いいなと思いました。

宇多　「蛾の鱗粉」がライトの中に入ってくるという把握の仕方はなかなかですね。

復本　すごいですよね。大串さん、いかがでしょうか。

大串　私は一句目の、バイクをゆっくり走らせながら散る桜を見ているという、この句は非常に好きだったんですが、二句目がちょっと引っかかりました。〈蜉蝣やあいつ夜学にまた遅刻〉の「蜉蝣」は「蜻蛉」のことじゃないかな。

宇多　「まくなぎ」じゃないの？「まくなぎ」はもやもやするんですよ。

大串　「蜉蝣」なら「かげろう」と読むべきです。つまり「蜻蛉」のことです。『広辞苑』にもはっきりそう書いてあります。この辺がちょっと「夜学」と結びつかないのと、もう一つは「あいつ」という言い方がちょっと気になったんです。

宇多　私、この「あいつ」がいいと思った。

大串　私はあまり好きじゃないですね。

復本　この句の「蜉蝣」はウスバカゲロウみたいなのじゃないですか。

長谷川　夜学の窓にウスバカゲロウか蜉蝣がとまっていて、それを見ながら、「ああ、あいつはまだ来ないな」という感じじゃないですか。

宇多　うん。夜学仲間だとすると、とても何かつながりがあるんですね。「あいつ」と言う仲だから。「あいつ、まだ来ないけど、仕事が長引いているのかな」とか、何か思っているんでしょうね。

大串　そういう思いは分かりますね。

復本　いわゆる高校生とちょっとずれています。

宇多　普通、「あの子」とか何とか言うわね。

長谷川　「あの子」ですか（笑）。夜学に遅れる子どもは、忙しくて、生活が大変だというのが、この「あいつ夜学にまた遅刻」によく出ていると思います。

宇多　そう。この「あいつ」が生きていると思うんです。

長谷川　そうそう。

復本　なかなか力強いというか。いいと思いますね、自然体で。

長谷川　ちょっと無頼だけど、ちょっとナイーブな若者がいるわけです。

きちんとした写生

3
白靴の少し小さくなつてをり
秋風の中なる人と目の合ひぬ
電車来る風が葉葱を震わせる

宇多○　長谷川
大串◎　復本○

復本　最優秀賞に大串さん、入選に宇多さんと私が推しています。まず大串さん、いかがでしょうか。

大串　一句目は季節的には夏、季語は「白靴」ですね。二句目は秋、季語は「秋風」。三句目は冬、季語は「葉葱」。三つの季節でそれぞれ詠っています。それぞれの句に作者の思いといいますか、そういうのがきちんとこもっていて、いいと思いました。

復本　はい、ありがとうございました。宇多さん、いかがですか。

宇多　電車が通過するときの、あの巻き上げるような風が畑の「葉葱」を震わせるとは、非常に写実的というか、目の利いた句です。これがいいと思って入れたんですが。

復本　「葉葱」と言いますか。

大串　『俳句歳時記』（第五版、角川ソフィア文庫）の冬の季語、「葱」の副題として出ています。

復本　私もこの作品をいただきました。〈白靴の少し小さくなつてをり〉が非常に面白いと思った。「白靴」は夏に履きます。去年と比べて少し違和感があったということ。それをうまく表現し得ている、という感じですね。

　他も〈秋風の中なる人と目の合ひぬ〉、これは面白い表現だと思います。〈電車来る風が葉葱を震わせる〉、畑のそばを走る電車ですね。電車が走ると葱の葉っぱが揺れるという句。三句ともきちんとした写生句ということになるのではないかと思います。

　長谷川さん、いかがでしょうか。

長谷川　三句とも、言っている世界は分かるけれども、ちょっと散文的な感じがしたので○を付けてないんです。けれども、あらためて見直すと、二番の〈秋風の中なる人と目の合ひぬ〉は面白い世界ですね。これはいいと思います。

取り合わせの妙

4
駄菓子屋のくじ大当たり大暑かな
冷蔵庫異国の市の匂ひして
秋涼し地層のごときチョコケーキ

宇多◎　長谷川
大串◎　復本

復本　次は、宇多さんと大串さんのお二人が最優秀賞に選んでいらっしゃる作品です。4〈駄菓子屋のくじ大当たり大暑かな〉〈冷蔵庫異国の市の匂ひして〉〈秋涼し地層のごときチョコケーキ〉。まず宇多さんからお願いいたします。

宇多　私は〈冷蔵庫異国の市の匂ひして〉が好きで、これに特に○をしましたが、「チョコケーキ」の「地層のごとき」という句もなかなかではないかな。〈いつの間にがらりと涼しチョコレート〉という句が星野立子にあります。

　三句とも大人ではできないような句かと思います。「くじ大当たり大暑かな」の「大暑かな」はちょっとよそよそしいですね。「駄菓子屋のくじ大当たり」はちょっとたどたどしいけれど、そういうよさかな。二番目の〈冷蔵庫異国の市の匂ひして〉の句が好きでした。

復本　いいですね。

宇多　それと、「チョコケーキ」の層の重なり合ったところを「地層」に譬えたところ。「ごとき」では分かりやす過ぎるけれども。そんな思いがあって最優秀賞を付けたと思います。

復本　はい、ありがとうございました。大串さん、いかがですか。

大串　これは三句とも面白いと思いました。

一句目の「駄菓子屋のくじ大当たり」は、駄菓子屋ですから大当たりも大したことないんでしょうけれども、下五の「大暑かな」は、上五・中七のこまごましたことに対して大きくどしんと据えているところ、俳諧味があるというか、そんな感じがしました。

二句目は、「冷蔵庫」という小さな中に大きな世界を見ているといいますか。「異国の市」ですから、海外での品物の販売、例えば市街地なんかで、日本にはないようなものもいろいろ売っていて、国際的といいますか、広がりがあります。

三句目も、「チョコケーキ」という非常に小さなものを下五に据えています。広大な地層と小さなチョコケーキの取り合わせ。そこに類似点があるわけです。地層の、焦げ茶色みたいなあの色とチョコケーキの色。千葉県の加曽利貝塚を見に行ったとき、地層の断面を見た記憶がありますが、そういう大きなものと、小さな、身近な、いつも口にするような、そういうチョコケーキとの取り合わせ、この対比も非常によくて、三句ともいいと思いました。

復本　はい、ありがとうございました。長谷川さん、いかがですか。

長谷川　僕は採ってないけれど、最優秀賞作品として問題ないと思います。採らなかった理由だけ申し上げておきますと、三句とも同じような発想でできているので、ちょっと単調な感じがしたこと。「駄菓子屋のくじ」と来て、それが「大当たり」で「大暑」だと、大きく持っていくところ。あるいは、今、大串さんがおっしゃったことの裏返しになりますが、「冷蔵庫」の句だって、それが「異国の市の匂ひ」というふうに広げていく。そして最後は「秋涼し」。三句目は「チョコケーキ」が地層のようだということですから、発想がみんな似ている。ここがちょっと単調な感じがしたので採ってないだけです。そういう発想は俳句にとってとても大事だということは分かるので、これは結構だと思います。

復本　はい、ありがとうございます。

宇多　「くじ大当たり」まで来たら、普通、「大暑なり」としますね。「かな」は付けない。これを名詞止めにすると大人の句になりますよ。例えば「桜東風《さくらごち》」とか、そういうのを持ってくると形は整うけれど。作者は「大暑」が使いたかったのかな。そういう意味では、ある種の稚拙さはあるんです。

復本　私はこれはいただかなかった。一句目、二句目はまあ面白いと思いますけど、三句目、「地層のごときチョコケーキ」ってあるのかな。例えばバームクーヘンとか、ああいうものなら「地層のごとき」という感じはしますが、「チョコケーキ」といったら、ケーキにチョコレートがコーティングされているものじゃないんですか。

長谷川　いろいろあって、それもチョコケーキだけど、チョコレートが層のようになっているのもあるんです。要するに「地層」というものを先に考えたほうがいい。

復本　なるほど、わかりました。いい句ですね。

5

教科書は線を引くだけ夏の空
丸刈がちょっと合わない夏の君
夏休み一人称を「私」にす

宇多　長谷川◎
大串　復本◎

気持ちの微妙なところ

復本　5です。〈教科書は線を引くだけ夏の空〉〈丸刈がちょっと合わない夏の君〉〈夏休み一人称を「私」にす〉。これは長谷川さんと私が最優秀賞に選んだ作品です。

長谷川さん、いかがですか。

長谷川　これは気持ちの微妙なところが出ていて面白いと思った。三句目の「夏休み」はいいけれど。「一人称を「私」にす」は、今までも何回か出てきている発想だと思うんです。だから、これはおいておいて。〈丸刈がちょっと合わない夏の君〉とか、〈教科書は線を引くだけ夏の空〉も、いわゆる「高校生ですよ」という生活ではなくて、そこからちょっとプライベートな世界に入っていたときの感じがよく出ているんじゃないかと思いました。

復本　はい、ありがとうございました。これは私もいただきました。作者は恐らく女子学生だと思います。

長谷川　そんな感じですね。

宇多　そうね。

復本　まあ、勉強に身が入らない女子学生。〈教科書は線を引くだけ夏の空〉ですから、おそらく先生の言うことなど聞いてないし、教科書も理解してない。だけど一応、線を引くという、その日常茶飯事がよく出ていると思うんです。

それから、〈丸刈がちょっと合わない夏の君〉。これはボーイフレンドか何か、男子生徒を詠んだんでしょう。今まで伸ばしていた髪の毛を、夏になって丸刈にしたんだが、やっぱりちょっと似合わないなと。これもよく作者の気持ちが表れています。

〈夏休み一人称を「私」にす〉ですが、今まで自分のことを何と言っていたんでしょうね。「俺」とか、今の若い女子学生は言うかもしれないけれども、だんだん上級生になると……。あと、「私」は「わたくし」じゃなくて「わたし」と読むのでしょうか。でも、「わたくし」というふうにきちんと言ったほうがいい。あらためて一人称を「わたくし」にするということで、三句とも面白い高校生活を、そして、ちょっといわゆる優等生でない女子高校生を的確に表現していて、非常に面白い作品だと思いました。

大串さん、いかがですか。

大串　「線を引く」というのはどういうことなんですか。

宇多　重要なところだということ。

大串　ああ、傍線を引くことですか。二番目の句はちょっと軽快というか、面白いと思いましたけどね。

復本　宇多さん、いかがですか。

宇多　言われてみたら三句とも素直でいいと思う、「今の私」が出ているようで。「夏休み一人称を」の句、これ、意外ですね。一人称を「私」に変えたということ。「丸刈が」の句は、丸刈りにした男の子が「こんな頭になっちゃったよ」と言って来たのね。

気になる作品

復本　以上の五作品は最優秀賞または入選に三人、あるいは二人が選んでいます。この五作品以外ではいかがですか。

宇多　非常に困ったという作品はないと思うんです。

復本　お一人だけでも、特に最優秀賞に推薦したいという作品はないですか。

一つ、私しか採っていないけれども、〈秋風や解答用紙全て埋め〉〈朝寒やガラス曇れる掲示板〉〈校庭のライトの白さ暮早し〉。すべての解答用紙を取りあえず必死になって埋めたという句。あるいは、朝早く学校に行くと掲示板のガラスが曇っているという情景。あるいはパッとライトが校庭について、アッという間に夕暮れが来たという句など、高校生らしいといえば高校生らしい作品ではないか。今回の作品の中に、こういう高校生活を詠んだ句があまりなかったようなので、私はこれをいただきました。

コロナ禍で

6
外出も何もできない夏の果
十八の最後の夏は家の中
夜の闇空に綺麗な花咲かず

宇多　長谷川○
大串◎　復本

復本　他にいかがですか。

大串　私は、この高校生俳句大賞の選考を毎年やっていますが、特に今年らしいなと思ったのは6です。結局、新型コロナウイルスの影響で、自粛、自粛が続き、外出もできないで、ずっと家の中などにいる。今年らしいという意味では選んでおきたいという気もするんです。

宇多　〈夜の闇空に綺麗な花咲かず〉は、花火ができなかったということでしょうね。

大串　ええ。みんなに呼びかけたりしないで、つまり人が集まるようにはしないで、花火だけ突然揚げた、というニュースをテレビで見たんです。その画像がちょっと浮かんできました。一句目の「外出もできない」とか、二句目の「家の中」とか、そういう閉ざされた中で花火がパッと揚がったが……。普通の年だったら、たくさん花火が揚がって、方々に見に行ったりするのに、そういう夏と違った何か……。

宇多　その句、花火が揚がってないんじゃないの？「花咲かず」だから。

大串　あ、そうですね。いつもだったら花火がきれいに咲くのに今年は咲かないということで、逆にこれは一句目、二句目と全く同じ状況を詠っているんですね。私は「ず」を「す」と読み間違えていました。しかし、濁点がついてさらによくなったかなという感じ（笑）。

復本　だから、三句ともコロナを詠んだ句ですね。

大串　はい。コロナ禍を詠っているわけです。だから、今年ならではの作かなという感じがしました。

宇多　うん。なるほどね。

大串　「十八の最後」というと、やっぱり青春の終わりみたいな感じもしますからね。たまたま高校を卒業するこの年に、何か大事な行事をするとか、その日のために一生懸命、練習するとか、そういうことができなくて、無念のうちに十八歳が終わるという、何か切ない気持ちも感じられるように思いました。

復本　はい、ありがとうございました。

宇多　そうね。今年ならではでしょうね。

復本　どうでしょうね。今年、そのコロナの句というのが……。

宇多　ちらちらありましたよ。

新型コロナウイルス感染防止のため、オンラインでの参加を交えた選考会となった。

最終選考

復本　先ほど検討した五作品、それから6ですが、「これはちょっと問題あり」という句はありましたか。

宇多　6の〈外出も何もできない夏の果〉〈十八の最後の夏は家の中〉、これも去年だったら「何のことだろう。なんでこの子は家の中にいるんだろう」と思うかもしれないですよ。

大串　そうです、そうです。去年だったら何のことか分からないでしょう。

宇多　今の五作品まではいいんじゃないかしら。

復本　いいですよね。先ほど宇多さんと「高校生らしい句がない」という話をしていましたが、4はちょっとずれていますけれども、あとの四作品はいずれも、いろいろな面から高校生生活を詠んでいて、よろしいと思います。

　この五作品、長谷川さん、いかがですか。

長谷川　もちろんいいと思います。コロナの句も欲しいのは欲しいけど、6の句の三句目〈夜の闇空に綺麗な花咲かず〉、これ一句だと何のことか分からないから、例えば一句目とか二句目をちゃんと残しておくというかたちで対応できたらいいという感じはします。

大串　それでもいいと思いますね。

復本　はい。それから、今、大串さん、あるいは長谷川さんが言われた6ですけれども、不易性という点でどうか。百年とか、そういうスパンで見たとき、「何の句？」みたいなことになりませんか。

大串　必ずそうなりますね。でも、みんながコロナ禍を忘れていく中で、こういう作品があることによって、一つの時代の特徴が……。

宇多　これ、かまわないと思います。この人たちが大きくなったときに、「ああ、自分が高校生のときにこういうことが起こったんだ」ということの、大きな、自分の記録であり、社会の記録だから。

長谷川　反対のことも考えられるんです。五十年後もこのままの状態が続いていると、これはもう先駆的な作品ということになりますね（笑）。

復本　続くかもしれない。

宇多　先駆的、ね（笑）。大人の俳句の世界だって、（去年の作品なのに）「何だろう」と思うような句ばかりじゃないですか。

復本　ありますよね。だからそこはもう少しうまく表現できないかな、と。

宇多　今回、案外それが少なかったな。高校生の作品にもっと出てくるかと思ったんですけど。

復本　前書きで「コロナ」とか、「新型ウイルス」とか。

宇多　「コロナ」という言葉だけ取り出したら通用しない句ばかりですよ。「コロナ」って言葉、本当は病気でも何でもないんですから。

復本　それではそういうことで決めさせていただきます。

もう一回読ませていただきます。

1〈待春や勝利を知らぬユニフォーム〉〈マーチングバンド春泥踏み散らす〉〈素振りあと百回風よ夏空へ〉。

2〈散る桜バイクゆっくり流すとき〉〈蜉蝣やあいつ夜学にまた遅刻〉〈蛾の鱗粉夜学帰りのバイクの灯に〉。

3〈白靴の少し小さくなつてをり〉〈秋風の中なる人と目の合ひぬ〉〈電車来る風が葉葱を震わせる〉。

4〈駄菓子屋のくじ大当たり大暑かな〉〈冷蔵庫異国の市の匂ひして〉〈秋涼し地層のごときチョコケーキ〉。

5〈教科書は線を引くだけ夏の空〉〈丸刈がちょっと合わない夏の君〉〈夏休み一人称を

「私」にす〉。

以上でよろしゅうございますか。

宇多　いいと思います。

大串　はい、結構だと思います。

長谷川　問題ありません。

復本　では、これで終わります。

入選作品

計49名、65作品が選ばれました。
同一作者の2作品目以降には★印を付けました。
各作品に清水青風氏の寸評を付けました。

佐藤琳利子　岩手・水沢高等学校3年

チューリップコーヒー香る談話室

焼き立てのパンの匂いや風光る

肉じゃがの匂い遠くに天高し

食べる、飲むという生命維持の行為は生き物である以上欠かすことができない。その行為を生む材料から詩を生み出すという着眼点に惹かれる作品である。

　若者らしくコーヒー、パン、肉じゃがという日常性を持つ素材が作品の世界をいきいきとさせていると言って良い。三句の内容を匂いと香りでもって巧みに組み立てた。

佐藤琳利子　岩手・水沢高等学校3年　★

気分屋の姉の命令春の塵

玄関に親戚の声冷奴

休暇果つ寡黙な兄にも存在感

前の作品と同一作者の作品であるが仕立て方を前作とは変えている。三句全てが名詞止めでありそれが表現の安定感となっている。

　句の対象は家族又は親族、それだけに句内容に親しさが感じられる。気分屋とか寡黙とか、言葉の親しさが作品への親近感を生み出していると言えよう。自ずと取り巻く家族の様子が浮かんでくる。

鈴木萌晏　岩手・水沢高等学校3年

地吹雪や「後部車両は開きません」

からっ風前歯の欠けた舞楽面

カップスープに今日の冬空が溶け

北国の匂いの作品群。その匂いが単に表面的な把握ではない点に作品の強さを感じる。

一句目の作品では車内放送を通して降る雪の激しさを告げ、二句目の「からっ風」の捉え方にしても尋常ならざるお面がその激しさを比喩的に告げているようだ。三句目の「カップスープ」でもって一寸ほっとすることが出来る感じである。

里舘園子　岩手・水沢高等学校2年

春疾風初めて貰う背番号

初戦敗退フェンスの奥の遅桜

風光るハードル倒すまた倒す

人間の一生涯の内で肉体的変化の最も著ししい時期の一つが高校時代の三年間であろう。勉学の面と共に肉体的、運動的活動の面での進化向上が著しい時期であると言える。

　ここに示された三句は青春のアルバムであり、永遠に胸に残る貴重なメモリーでもある。人の歩みというのはこうしたメモリーを残すための歩みでもある。

高橋　咲　岩手・水沢高等学校2年

デパートの閉店セール大西日

鬼百合や若女将から中国語

駄菓子屋の店主うたた寝蟻の列

　所謂人生上の進路を考え始めたり、ビジネスや職業の世界に関心を抱くようになるのは大方の人にとって高校生の頃であろう。

　当然それまでの自分とは異なり、世間を見る目、社会生活への関わり方も違ってくる。当然の事ながら職業に対する関心も生まれる。その関心が俳句という詩を生み出す一つの要因になるとも言える。

阿部なつみ　岩手・水沢高等学校1年

雷や帰郷の兄にピアス穴

妹の我が儘に叱咤大西日

片栗の群生地踏み荒らす祖母

自分の家族三人が作品の素材。家族とは一番身近な共同体であっても一心同体となるのが難しい時がある。時によっては家族に冷やかな視線を向けることもある。

　掲句では兄、妹、祖母のそれぞれの行為が句となって生まれるだけの言葉を生み出した。こうした視線が詩を生むことも俳句の多面性を示すものと言えよう。

内川りん　岩手・盛岡第三高等学校2年

啄木忌新たな靴の履き心地

隣席の寝息もさやか秋の声

永久であれオリオンにきらめく眼

俳句を生むにはどのような季語を詠み込むかが大きな課題となる。

作句に当たっては季語と句内容とは不即不離の関係が良いと教えられることがある。

さて、ここに用いられた季語は「啄木忌」「秋の声」「オリオン」。季語と句内容との距離を知るには内川作品が参考になるだろう。高校生作品ながら不即不離を見事に示している。

熊谷京香　秋田・秋田北高等学校2年

麗かや父はバイクの修理中
蜂の巣や大回りする帰り道
チューリップちょび髭男はにかんで

作品に人間を詠み込む場合、客観的に把握できる人間の方が捉え易いであろう。対象が家族である場合は色を付けないで見られるかどうかが問題となる。

　バイクを修理する父親を作者は父としてではなくバイク好きの男性として見ているようだ。「麗か」という季語が良い。これは作者と父親との関係をも示す措辞でもあろう。

伊藤穂乃花　福島・須賀川桐陽高等学校1年

八月の顔もマスクに覆はれて

団扇風眠気もでない昼下がり

白玉やぷるりと抜けた舌の上

コロナウイルスに翻弄された年であった。終り無き裁判の被告席に立つ感じである。

　この伊藤作品は、コロナにも似た不安感を内包している感じがする。勿論作者はそうした不安など抱くことも無くこれらの句を呈したのであろう。

　しかし思いは選ぶ言葉に現れる。意図せずとも作者の思いは表現に現れるのである。

真壁彩世　福島・清陵情報高等学校3年

外出も何もできない夏の果

十八の最後の夏は家の中

夜の闇空に綺麗な花咲かず

俳句内容を数直線上に置いた場合、その印象が正へ向かうか、負へ向かうかは作者の意図とは関係なく、作品の個性が方向性を決める。但し正方向が良く、負が悪いというのではない。短詩としての感覚的な方向性を指す。

　真壁作品から受ける印象は負の方向性を持つようだ。しかも強力な説得力を持つ作品としてである。

髙橋琳子　福島・保原高等学校4年

馬と牛なかなか立たず盆の昼
鬼灯の揺れてる奥の祖母の顔
また風が送り火を消す祖母の気配

お盆という行事は七世紀初頭、推古天皇の治世より始まったとのこと。故人に早く現世へ来てもらうために胡瓜の馬を、遅々と帰ってもらうために茄子の牛を備える。

　作者にとって祖母が脳裏を去ることはない。

　風が送り火を消すという現象は祖母を返してしまうという作者の悲嘆であるのは間違いないところだ。

高木里緒　埼玉・星野高等学校3年

小花蜂溺れ如雨露の闇の中

麗らかやそこはかつての秘密基地

冷奴崩す静かに怒りし日

　対象に対する静かな視線が印象的である。小花蜂の死、子供の頃の隠れ場、壊れ易い豆腐への心象。どの作品を見ても青春前期の心模様と受け取れる。

　誰にとっても青春の入口は不安と期待が混交する。人生の大半を過ごして来た者から見れば、青春期は迷い悩むのが良い。それにより後の果実は大きく豊かになると言える。

高木里緒　埼玉・星野高等学校3年　★

麗かや寝巻きのままでゐる時間

緑蔭へ心を空にして向かふ

秋空に詩の一節を呟きぬ

三句に共通しているのは、時の流れの緩やかさであると言ってよいであろう。十代にして時をゆるやかと感じられるのは作者の個性であると思う。

緑蔭へ向かうときでも、詩を呟くときでも恐らく作者は時間を意識してはいまい。それ故に詩の対象となった寝巻き、緑蔭、詩の一節などが鮮やかに浮かんで来るのだと思う。

野城知里　埼玉・星野高等学校3年

妹と猫と眺むる金魚鉢

日焼止めのばすからだの平らかに

鶏の小屋にぽつりと蟬の殻

俳句表現の良さ、あるいは面白さと言っても良いのだが、素材の取り合わせと表現の妙が感じられることが句の出来具合に繋がる。

妹と金魚、日焼止め、鶏小屋の蟬の殻など、日常性の中からの素材選択が句の世界を堅実にしている。ある種の不思議感と言っても良い。別の言い方をすれば俳句の妙と言って良いのであろう。

野城知里　埼玉・星野高等学校3年　★

受験する友のたくまし更衣

更衣どのセーラーも風を生む

教室がぱつと目覚めて更衣

俳句作りを学ぶに際しては一句一季語。同一季語で二句、三句とできた場合はこれぞと思う一句だけ残して後は捨てよと教えられる。

しかし時には季語を変えることも出来ず、句を捨てることもできない場合が生じる。

この作者の「更衣」がそれに該当したのであろう。それぞれの内容に新鮮味があるのが救いだと言える。

野城知里　埼玉・星野高等学校3年　★

放課後の残暑をのせる譜面台

サクソフォーン吹く吹く浜に海月の死

木管の音を吐き出し切つて夏

高校生活の中で部活動の占める役割は大きい。作者は吹奏楽部か、それに類した活動に参加していると思われる。パートは金管、木管のいずれか。

どの楽器であっても技術や能力を必要とするが、それらを導き出す前提条件として必要なのは努力であることは間違いない。楽器から縁遠い者から見ると羨ましい世界である。

佐々木拓実　東京・開成高等学校1年

欄干に大火の痕や風光る

大空は縫ひ目を持たずつばくらめ

文を読むやうに新樹をゆくこころ

巧みな詩の世界の表現である。発想の契機はそれぞれ欄干、大空、新樹など普段目に入りやすいものばかり。

　ある俳人の言葉に俳句は感じたものを見たもので表す詩、或いはその逆だというのがある。しかし視感覚で捉えたものを言語の世界へ導くにはそれなりの力が要る。具象を抽象に、抽象を具象に……。正に俳句的である。

鈴木宏明　東京・開成高等学校1年

風車の外に虚構の町がある

麗かや母と子供の糸電話

緑蔭やベンチに昨夜の雨すこし

多くの場合、俳句を生み出すのに大舞台は要らない。鈴木作品を生み出した契機は風車、糸電話、ベンチなど、極めて日常的な、別の言葉で言えば意識して取り上げた物ではなく、正に日頃の視線の範疇にあるものである。

よって日々の生活が作品を生み出したと言って良い。思惟の世界と結びつけることによって俳句が生まれる。

岩井仁誇　東京・目黒学院高等学校2年

オンライン画面越しの新入生
十七歳尾崎豊を歌ってる
夕立ちをキレイに消した赤い空

俳句は日本語の七五調のリズム感を生かした詩であることは言うまでもない。しかしそのリズム感に頼らずに詩を生み出した大胆さが一句目の作品にはある。当然ながら言葉のリズム感を欠く。欠くことによって俳句の新しさを求めるのだろう。しかし二句目、三句目の作品は七五調の定型。このアンバランスが面白い。

坂田治哉　東京・立教池袋高等学校2年

夏来るテントに星のための穴

ハンモック揺れてスマホ揺れており

砂舞って防風林のキャンプ場

対象に寄せた素直な視線が作品を生かしている。句が生まれたのは合宿でのことか。

高校時代の夏のキャンプなどは生涯の思い出となる行事である。「星のための穴」「スマホの揺れ」「砂の舞う防風林」など、些細なことではあるが意識的に気付き、現象に眼を向けた点に作品の新鮮味がある。これもやはり高校生活の賜物。

藤井万里　東京・立教池袋高等学校2年

両の手で触るマストや涼新た

汲み置いて水の匂ひや草の花

海峡にきびす濡らしてゐる残暑

作句の対象となった場所や契機はそれぞれ違う。しかし作者の意識にあったかどうかは分からないが、三句に共通するのは内容が水に関係していることである。ヨットの浮かぶ海、庭の片隅、海峡など、各作品の中では、それぞれの水がそれぞれ異なった視線で捉えられている。それが作品の新鮮味に感じられると言えよう。

長竹　葵　神奈川・小田原高等学校1年

シャーペンと誓いのキスをテスト前

カレーよりシチューが食べたい梅雨の夜

無理やりに青春つめこむ五・七・五

高校生らしい素材の捉え方が魅力的な作品である。一寸残念なのは三句中、二作品の中句が八音の字余りになっていること。許容の範囲と言えなくもないがやはり俳句にとって言葉の七五調のリズム感は大切である。

しかし対象の把握は高校生らしい新鮮味に満ちた佳句である。当該年代でしか詠めない切り口に惹かれる。

宮内唯衣　神奈川・慶應義塾湘南藤沢高等部3年

うららかや嬰児にもあるひとりごと

校庭にしんと整列チューリップ

通学路日傘ゆらゆら一列に

「ひとりごと」とか「整列」「一列」の用語に見られるように単数の世界に惹かれて詠まれた作品群という印象を受ける。

　優れた俳句作品は秀でた発見から生まれると考えて良い。「嬰児のひとりごと」、「整列するチューリップ」、「一列の日傘」など、日常の視線の先から詩を生み出した印象を受けるのである。

宮内唯衣　神奈川・慶應義塾湘南藤沢高等部3年　★

矍鑠と「春には行こわい」祖父笑ふ

訥々と「会えんのけ」と祖父夏の果て

秋澄むや「会いたい」と祖母の声震え

冒険句である。しかし結果として入賞したのだから、その冒険は成功したと言える。

　祖父母と孫との関係は、父母とのそれとは違って人間らしい温みが感じられる。

　昔から俳句には「孫に名句無し」という格言がある。可愛いさは分かっているから詠む価値が無いというのである。掲句はその逆の立場を詠んだのが愉快。

渡邊遥菜　神奈川・慶應義塾湘南藤沢高等部2年

手花火や高鳴り飲み込む金バケツ

暗闇の火薬の匂いに夏惜しむ

不機嫌にねずみ花火や地を削り

手花火の良さは年代を越えて楽しめること。渡邊作品について言えばその印象は、花火をする側ではなく、手花火そのものを取り上げて詠んだところにある。

作品を見れば誰もが庭や道端の花火を思い出すであろう。手花火は日本人の幼少の心に繋がる。線香花火の面白さ、ねずみ花火の怖さなど人々の心の残像をうまく詠みあげた。

千葉綾音　神奈川・横浜商科大学高等学校1年

音もない淋しき夜の花火かな

扇風機足の騒めき感じ取る

箱の中命絶えてく蟬の声

花火、扇風機、蟬声と、夏の風物詩と言って良いものを詠みあげた。特定の人の心ではなく、誰の心にもある夏の残像である。

　優れた作品とは容易に句の世界へ心を滑り込ませることのできるもの。詠み込まれた夏の事物は誰もが心に仕舞い込んでいるもの。千葉作品は人々の心の思い出の扉を開けてくれるのである。

小林怜子　神奈川・横浜翠嵐高等学校3年

早打ちの電卓の音夏の果
百円の風鈴の先海のあり
花茣蓙の跡てのひらに残りたる

俳句は、「こころ」ではなく物を詠み込んで心を感じさせる詩であると言って間違いは無い。詠み入れた物が読み手の共感を呼んで俳句という詩形が完了するのである。

　俳句の即物性は、人間の顔が異なるように心の多様性を呼び起こす。ここに詠み込まれた電卓、風鈴、花茣蓙はそれぞれ心の創造性を持つ物だと言える。

岡本伊万里　神奈川・横浜翠嵐高等学校2年

新緑や列車警笛鳴らしつつ

体操着両手に抱え薄暑かな

登りゆく坂の先なる雲の峰

物の範疇にあるものをどのように捉え、表現するかで作品の出来、不出来が決まってくるのが俳句である。新緑の中の列車、薄暑の体操着、前方の雲の峰など、どれもが我々の日常生活の中で接するもの。それらを詩の対象として表現し、それを心がどう受け止めるかで作品の出来具合が決まる。重からず軽からずの把握が良い。

岡本伊万里　神奈川・横浜翠嵐高等学校2年　★

カーテンの常より白く夏木立

新涼の音立てて置く洗面器

秋の暮マシュマロを焼くコンロの火

俳句を作るのに吟行という句の生み出し方がある。何処か日常生活から離れた場所や建物に赴いて現場で作句するのである。日頃とは異なる句材を目にすることによって詩心を呼び覚ます。

しかし示された岡本作品はそうした非日常性ではなく、日々の生活の現場から作品を生み出した。作者の詩心の勝利と言えよう。

岡本伊万里　神奈川・横浜翠嵐高等学校2年 ★

秋風や解答用紙全て埋め

朝寒やガラス曇れる掲示板

校庭のライトの白さ暮早し

前作品に続いての同一作者による作品であるが、この三句は時間の多くを過ごす学校を題材とした。

日々の授業、見慣れた校舎や設備、机上にある教科書、用紙など、見過ごされそうな物から詩を生み出している。その熱意と詩心は見事である。詰まるところ、詩は我々日常の周辺にあることを教えてくれる作品群でもある。

岡本伊万里　神奈川・横浜翠嵐高等学校2年 ★

ランニングの生徒一列入道雲

夏の日を天然水のボトル越し

校庭のネット錆びたる冬の月

前作品の作者が関心と視線を校舎内から外の運動場へと転じた作品群。特徴として、作品の背景の明るさを指摘出来よう。夜の校庭の作品でも「冬の月」を季語とし明度を保っている。

　人間の一生の内で最も活力の向上するのは高校生である三年間ではないだろうか。そうした勝手な想像を許す三作品である。

岡本伊万里　神奈川・横浜翠嵐高等学校2年　★

夏めきて海辺の臨時駐車場

水道の蛇口逆さま日の盛り

新涼や滑り台ある丘に星

同一作者が視線を学校から学校以外へ向けて詠みあげた作品である。素材的に言えば駐車場とか蛇口とか公園とか。「おや、こんな場所や物にも関心があるの？」と尋ねたくなるような句内容である。

夏からやがて季節が移ろう頃、作者の視線は闊達に動いたことであろう。「丘に星」と止めた表現に余韻が感じられる。

加藤千晶　石川・金沢錦丘高等学校2年

弟のへそのまんまる夏の月

ラムネ玉星の声みたいと二人

二十世紀鴨居に増えた表彰状

作品に詠み込まれた句材の飛躍が心躍らせてくれる。弟の臍の丸いことへの驚き、ラムネ玉の音を星の声と感じた奇妙さ、表彰状を二十世紀の事物と捉えたことなど、その感覚、奇抜さが作品のいのちとなっている。

　俳句という詩形の強さは、事物の意外性を生かすことにあるが、加藤作品はその点に於いて成功している。

荒井かな子　長野・長野清泉女学院高等学校2年

雲の峰背筋伸ばして深呼吸
学校へ自転車とばす青田波
魂祭どこかに祖父の気配かな

健康な高校生の姿が浮かんでくる作品である。高校生ともなると通学時間が長くなることが多い。二時間近く通学に掛かる話を聞いたこともある。そうした苦労はいつかきっと実となり、本人の血肉となるのは間違いない。

　三句目に示された感覚は高校生ならではの思いであろう。祖に想いを馳せるのも青春の一つの記念碑である。

渡邉美愛　愛知・旭丘高等学校1年

薫風をたばねて入れる秘密基地

廃屋のはだか電球梅雨じめり

水中花こころに棲んでゐる他人

感覚的に成長するのも高校生の三年間であろう。それまでには気が付かなかったことに気付き、それまでには思わなかったことに思いを馳せるようになる。

薫風と秘密基地との取り合わせ、廃屋の裸電球、心の中の他人など、人間として一歩前進した様を示していると言える。一歩大人に近づいた心の叫びと言ってよいかも知れない。

森　勇人　愛知・岡崎東高等学校2年

サイダーの中にもう一つの夕日

地平線となる鈍行秋夕焼

裏道で帰る体育祭の夜

飯田龍太が述べた言葉がある。「私が本当に良いなと思う作品は、これはとても私では出来ないなと思う作品ですよ」と。森勇人作品はそうした匂いを持つ作品であると言える。

佳句を生み出すコツとして、日頃の自分とは異なる自分に俳句を詠ませるという方法がある。ここに示された作品は、違う本人が詠んだのかも知れない。

前原あおい　愛知・幸田高等学校2年

春めきてパレットの色やはらかに

うららかや塗り絵のすみのはみだして

チューリップ一人フェルメールに会いに

　人には才能というものがある。甚だ不公平なのは、その才能が均等ではないこと、関心の対象に個人差があることである。しかしそれだからこそ美や真の表し方が違ってくるのであり、様々な芸術が生まれると言える。

　ここに示された句は絵画への関心から生まれた。フェルメールなど、誰が俳句に詠めると考えただろうか。

木村功汰　愛知・名古屋高等学校3年

緑陰に替への靴下置いてある

麗かや空車のコインパーキング

俳論に助動詞多し紅葉狩

素材の取り上げ方が鮮やかである。俳句としての意外性を生かした句たちだと言ってもよい。

　人の思考は巡回し易い。句材を選ぶにも日頃取り上げているものをまた詠みたくなるものだ。しかし木村作品はそうした俳句のマンネリズム的な素材や表現内容から飛び出て生まれたところが面白い。やはり若さだろうか。

今野巧海　愛知・名古屋高等学校3年

目を合わすだけの付き合い冷奴

外套やマンションの灯のほつほつと

大仏やあちらこちらに蜂の群れ

佳句を生む方法の一つとして、取り合わせの妙がある。意外性のある事物を取り合わせることによって詩を生み出す。言葉で言うのは簡単であるが、これを実際の作句に示すのが難しい。

今野作品はそれをうまく具現している。「付き合いと冷奴」「外套とマンションの灯」「大仏と蜂」など。上手いと思う。

谷口卓也　京都・洛南高等学校3年

灯台の白はみ出せる夏の海

廃坑の錆びたトロッコ秋時雨

大鷲の空を従へ海渡る

俳句は言葉を光らせる詩であるとも言える。普段何気なく見過ごしている言葉であっても詩語として生かすことによって光を生み出すことができる。「灯台のはみ出すような白の色」「廃坑の錆びついたトロッコ」「空を従える大鷲」など、詩語として生かすことによって新鮮な光を生み出す。言葉に命を与えたと言って良い。

谷口卓也　京都・洛南高等学校3年　★

正義だと言はんばかりに雀蜂

蜘蛛の囲をのぞけば蜘蛛の慌てをり

松虫やトランペットは孤独じゃない

昔の少年にとって昆虫はおもちゃであった。現在の少年でも同じかも知れないが、一歩身を退いて扱うのではないだろうか。

　谷口作品の昆虫はおもちゃではない。昆虫に対するその視線は一個の生命体としての視線だと言える。「雀蜂」「蜘蛛」「松虫」は正に命ある対象である。そこに俳句としての新鮮味が感じられる。

谷口卓也　京都・洛南高等学校3年　★

隠せない物などあらず鷺の羽

首長き白鳥がその先頭へ

天球の端を鯨は知っている

人には好奇心がある。好奇心は作句の有力な武器だと言えよう。風景だけでなく鳥や魚、動物への関心が句を生むことになる。鷺の羽、白鳥の首、鯨の知識などが若者の好奇心の対象となった。中でも鯨。天球の端まで知っているとした作者の独断が詩を生んだ。

確かにそうでなければ鯨は世界の海を泳ぎ回ることは出来まい。

岡村無双　兵庫・灘高等学校2年

麦の秋ひらいたシンヴァルのひかり

向日葵や百均にもう一度行く

無花果やクラスの真ん中の噂

俳句は意外性の詩であるという。十七音という短さ故に説明的要素を省く。その飛躍感が俳句だと言える。

　俳句の作り手は五感から得た情報で心を詩の世界へと飛翔させる。シンヴァルのひかりであったり、百均であったり、噂話であったり。心を飛躍させることによって心を満たす、それが俳句の魅力である。

今西優多　奈良・育英西高等学校1年

休校のネット授業や春暑し

弁当を一日二回大試験

自粛明けレギュラーになり秋を待つ

評論家の山本健吉は俳句の本質は挨拶、即興、滑稽にあると説いた。確かにその短さを生かすには作品に特徴を持たさざるを得ない。

今西作品は滑稽味を取り込んだところにその特徴がある。これは作者の若さと個性が自ずと染み込んだと言って良い。弁当を一日二回などとはなかなか俳句に詠み入れられないではないか。

加須屋美菜　和歌山・向陽高等学校3年

洞窟は海に続きて冬の月

大書架の梯子冬日のなかへ伸ぶ

アイヌ語の書かれし地図や寒昴

表現の妙を生かすのも佳句を生み出す一つの良策である。海が洞窟に続くのではなく洞窟が海に続くこと、冬日の中で梯子を伸ばすのではなく、梯子を冬日へ伸ばすことなど、俳句ならではの表現だと言って良いだろう。

こうした逆転の表現も作者の個性。個性を生かすことによって佳句は生まれる。個性も又努力から生まれる。

加須屋美菜　和歌山・向陽高等学校3年　★

狐面あらはれ夜店終はりけり

はらはらと泡こぼしゆく金魚かな

灯台を蔦のまとへる晩夏かな

佳句は作品の読み手を現場へと導く。縁日の夜店へ、尾を振りながら泳ぐ金魚の水槽へ、そして晩夏の灯台へ。

作品の強さは詠み込んだ言葉と内容とが力を見せたとき。きらびやかさの消えようとする縁日の夜店。尾を振るだけで所在無さげに水槽を往復する金魚。人影の絶えた夕日の灯台。脳裏に鮮やかに像が描けるのである。

武田和真　岡山・倉敷天城高等学校3年

稜線にヘミングウェイの夏雲や
オーウェルの香水そっと隠しけり
夜の秋カフカのタバコ一センチ

俳句は五七五の定型で終結する。よって下句に切れ字「や」を置くのはどうかと思われるがリズム的には納まっていると言える。

作家三人の名を詠み込んだのが高校生らしい新鮮さを感じさせる。

名前に取り合わせて夏雲、香水、タバコと、取り合わせの妙を生かしたことが巧み。冒険的な表現が若者らしさを感じさせる。

清水瞳美　山口・徳山高等学校3年

自転車のペダル踏み込み息白し

踏切を過ぐれば布団叩く音

初春やボードゲームの駒探し

俳句は日常生活から離れたところから生まれると捉えがちである。確かに非日常から句は生み易いと言えるが、日常性も詩への発信力を十分に含んでいると言える。自転車、踏切、ボードゲームなど、日頃見慣れたものであるが、それを素材として句を生み出したのは見事である。

　大切なのは才よりも執着心ではないか。

清水瞳美　山口・徳山高等学校3年　★

工場のそばのブランコ錆び付きぬ

丸文字の入部届けやチューリップ

うららかや竹刀を緩く握りをり

前頁と同一作者の作品。特に奇抜さとか軽妙を主張する詠み方ではなく、堅実に対象を捉えた作品だと言える。

ブランコ、丸文字、竹刀など意識せずとも目に入ってくるものである。それを詩の対象とするかしないかで句が生まれるか否か定まる。力まず、飾らず、素直な視線で対象を捉えた作者の執着力に拍手を送りたい。

清水瞳美　山口・徳山高等学校3年 ★

夏逝くや匂ふ屋台を探しをり

中也忌の山高帽の凹みかな

柚子の香に詩の一編の浮かびけり

自作品を自己評価するのは難しい。しかも作品数を揃えるとなると気を引き締めて取り組まねばならない。

　ここに示された清水作品三句はそんなハードルを越えた。取り組む姿勢の堅実さを示す証しであろう。三句の中でも一句目に惹かれる。誰もが体験する場面であるが、「夏逝く」の季語が有効に用いられている。

清水瞳美　山口・徳山高等学校3年 ★

陰口を黙つて聞いて麦茶かな

アンカーの背中追ふ子や雲の峰

妹の泣き真似上手く冷奴

俳句は詠む対象によって、自然派作品と人事派作品に分けることができる。ここに示された作品三句は紛うことなく人事派である。

陰口を言う人に対する作者の沈んだ感情が垣間見られるし、アンカーにバトンを渡した安堵感、妹に対しての姉の冷静な目、それらが季語と共に軽妙に詠み込まれている。作句の力だと言えよう。

清水瞳美　山口・徳山高等学校3年　★

長男の家出て麦茶濃くなりぬ

アメリカで地震があつて冷奴

雨上がり継ぎ目の多き蚯蚓かな

同一作者でこのように数多くの佳句を生み出すのは容易ではないだろう。やはり俳句は努力と才の結晶である。

　ここでは三句目の視線に惹かれる。蚯蚓の横縞の筋を継ぎ目と捉えた滑稽感が良い。雨降りでは土中での呼吸が苦しくなるため地面へ出て来る。それを見て作者は縞の多さに滑稽味を感じた。蚯蚓はどう思っただろうか。

尾上純玲　山口・徳山高等学校2年

チューリップ姉と初めて呼ばれた日

ソーダ水渡り廊下の日の反射

港町寂れて春の波の音

一句目は感動を素直に表現し、二句目は光の眩しさを示し、三句目は時代の流れを波音に滲ませた。

三句目の港町の波音が作者に告げたものは何か。「寂れて」と端的に作者は表現したがその奥には国と時代の大きな流れが示されているようだ。句材となった地のような町は日本の地方のどこにでもある現象なのだ。

田中来海　山口・徳山高等学校2年

乱視入り眼鏡の曇り息白し

新品のベッドより落つ蒲団かな

次女の被布リビングチェアに掛かりをり

俳句を生むには日常とは異なった風景、事物を取り上げたくなるもの。しかし発見は日々の生活の中にもあることを証明したような一連の作品である。特に一句目の乱視用眼鏡などは日常そのものであると言ってよい。

眼鏡を掛ける人は多いが、田中作品のように俳句として詠んでみようと思った人はどれほどいるのだろうか。

山本涼香　山口・徳山高等学校1年

水溜りに揺れる電線冷奴

炎昼やステイホームの古語暗記

秋近し消毒液の減る速さ

取り合わせの奇抜さによって評価を受ける作品と言ってよいかも知れない。しかしじっくり眺めていると自ずと句の世界へ連れ込まれるようだ。単なる取り合わせの妙とか、奇抜さだけに頼る作品ではない。二句目などまざとその景を浮き出させてくれる。単なる暗記などではなく、人の成長の一過程であることを感じさせてくれる。

青木大知　山口・柳井学園高等学校2年

宿題の机に伏せる昼寝かな

秋暑し三日続きのカレーかな

歯ぎれよき曲りし胡瓜かじる音

作者の性格がそのまま作品に示されたような印象を受ける句となっている。

机に向かい、いつの間にか眠っていること、恐らく家族が好きだという理由で多量に調理されたカレー、胡瓜をかじり切る快活な音など、少年の新鮮な目がそれぞれの作品に現れていると言える。

作者の性格が垣間見える作品である。

川又心美　愛媛・今治西高等学校2年

女子の集まりは嫌だと髪洗ふ

占いのさんざん外れソーダ水

麗日のＹ字バランス保ちけり

女性が詠んだ女性の生態（と言っては失礼かもしれないが）を示した作品。それぞれの作品の醸し出す可笑しみが魅力的だと言える。

集合体の女子を嫌い、当たらない占いに凝り、Ｙ字バランスを保つ。三句に示された内容は十代の半ばを十分に堪能している標準的女性像であるような感じだ。それこそ若さ、それこそいのちである。

岡野佑香　愛媛・今治西高等学校1年

弟とトマト一つの身長差

君くれたもも味のあめ夏の浜

初めてのコーヒー片手に夏終る

　比喩の巧みさが作品の出来栄えに影響することは多々ある。身長差をトマトの大きさで表した一句目。ももの味をした飴でもって相手を印象付ける二句目。今後の人生の区切り目になるであろう一杯のコーヒーなど、物の選択が巧みに示された作品である。

　物体は年代の区切りの道標ともなってくれることもあるのだ。

馬越理子　愛媛・今治西高等学校伯方分校3年

蚯蚓這う太陽系を抜け出して

緑蔭より生まれるチェロの音色かな

鳩尾に海鳴りのして原爆忌

時代より先駆けているさまを前衛と言う様だが、俳句の世界では常識を飛び越えた世界を非常識という言葉では表さない。思考の飛躍と捉えるのが最良かも知れない。ただ読む側をどれほど納得させ得るかは判断の難しいところである。

それにしても馬越作品の発想内容は固定化陳腐化した俳句内容に刺激を与えてくれる。

飯尾久翔　愛媛・済美平成中等教育学校5年

短艇は水を従えチューリップ

湖の遠く波立ちチューリップ

チューリップ水面は雲を映したる

個人個人によって異なるかも知れないが、一つの季語は一つのイメージを導くと普通は考える。よって作品ごとに季語を違える。飯尾作品は敢えてそれを打ち破り、チューリップという一つの季語に作品内容を合わせるという表現手法を企てた。

この手法が成功しているかどうかはそれぞれ読者が決めれば良い。一つの新しい波である。

岡田侑楽　愛媛・松山西中等教育学校3年

夏雲の湧く子羊の群れのなか
星空を内に閉じたる黒葡萄
夏休み色のシーグラスをひろう

子羊の群れの中に湧く夏雲とは。子羊の群れの毛が夏の雲に見えたと捉え、黒葡萄を透かし見れば星空があると感じ、誰かが置き忘れたシーグラスは夏休みの色をしていたと言う。比喩の巧みさが作品の力になっている。

　およそ比喩は常識的範囲になり易いが、許容の範囲を広げた捉え方で成功した作品である。

吉田真文　愛媛・松山東高等学校3年

初夏の留学延期決定書

ワクチンの腫れや日焼の左腕

秋暑し留学中止決定書

近々、本人に起きた出来事を十七音の詩として纏めた作品と思われる。恐らく本人にとって初めての海外渡航であったろう。それがコロナ禍の故か中止となってしまった。

ある出来事を詩として昇華するのは難しい。しかし吉田作品はそれを淡々と十七音の詩として表現した。嘆きも気負いも見えないところが共感を呼ぶ。

福田蒼龍
長崎・佐世保北高等学校1年

夏の夕いつものバスにいつもの祖父

出来立ての麦茶氷で一気飲み

蚊遣火の香りで満ちる補助バッグ

夏の香りは様々なところで嗅ぐことが出来る。作者はそれぞれの夏の香りに目を止めた。中でも三句目の「補助バッグ」が良い。

この蚊遣火は蚊取り線香とみて良いだろう。バッグの近くに置かれていたため、その残り香がまだ消えない。これから作者は部活動にでも出掛けるのだろうか。青春の一コマを香りで切り取った。

倉岡皇至　熊本・熊本高等学校３年

鉄棒の瘤鉄棒で冷やしけり

雀荘のふいとしづまる除夜の鐘

このコートは燃やさう口紅が落ちない

　滑稽味は俳句固有の性質の一つとは先にも記した山本健吉の説。倉岡作品は極めて明瞭にそれを具現化した。

　鉄棒で出来た瘤をその鉄棒で冷やす行為、熱中していた麻雀であるが除夜の鐘が鳴りだしたら声も出さなくなったこと、理由は兎も角、口紅の付いたコートを燃やすとしたことなど、高校生俳句でよく表現できたという感じ。

西山由季乃　宮崎・都城工業高等学校1年

油絵の進まぬ煩し扇風機

蓋開けてソースまみれのさくらんぼ

数式とぐにゃぐにゃの線春の午後

働きや行為は常にプラス方向に向いているとは限らない。

涼感を呼ぶべき扇風機が邪魔になって絵筆が進まなくなるとき、また、どういう訳か、さくらんぼにソースをかけてしまったことなど、人の行為は常に正常というわけではない。

我々の日頃の些細な行動の中にも可笑しみ、俳味を感じられるという例であると言える。

団体優秀賞

岩手県　水沢高等学校

神奈川県　横浜翠嵐高等学校

山口県　徳山高等学校

団体奨励賞

青森県　八戸北高等学校

東京都　荻窪高等学校

神奈川県　相原高等学校

一句入選作品

3句1作品としての入選には到らなかったものの、
光った110句を「一句入選」としました。

春の昼ベンチでひとり源氏読む
宮川千優
北海道・旭川実業高等学校1年

風死すや席替え直後の一時間
和田桜佳
北海道・旭川東高等学校3年

冷麦のピンクはわたし兄は緑
和田桜佳
北海道・旭川東高等学校3年

イヤホンのひんやりとして虹立てり
山本華央
北海道・旭川東高等学校2年

教室に光差し込む秋の虹
秋山李香
北海道・旭川龍谷高等学校2年

日の盛り目を凝らし黒板を見る
石田慶耀
北海道・旭川龍谷高等学校2年

着席の友の背白き更衣
関口花百
青森・八戸北高等学校2年

昼寝する祖父に寄り添う夏の風
中村　杏
青森・八戸工業大学第一高等学校3年

雷光と雷鳴の差に指を折る
石岡佑紳
青森・弘前高等学校2年

林檎むく刃が親指を向いている
北山　晶
青森・弘前高等学校2年

春月やスティックのりのはみ出して
佐藤琳利子
岩手・水沢高等学校3年

下駄箱の中に十一月の風
里舘園子
岩手・水沢高等学校2年

コイントス夕焼に反射して裏
高橋　咲
岩手・水沢高等学校2年

食パンにハムとチーズと春はさむ
高橋　咲
岩手・水沢高等学校2年

炎天や踵をつぶした靴を履く
一戸玖瑠美
岩手・盛岡第三高等学校2年

車窓より臨む朝霧五能線
津志田　萌
岩手・盛岡中央高等学校2年

掛軸の天女に見られ昼寝覚め

横溝麻志穂
宮城・聖ウルスラ学院英智高等学校１年

「マスクした?」いつもと違う送り出し

佐藤友鶴花
宮城・古川学園高等学校１年

息止めるプールの底の五秒間

天野玖音
秋田・秋田西高等学校２年

命とは泳ぐ鯉に聞いてみる

渡邊隼翼
福島・清陵情報高等学校３年

金木犀星降る夜の香りかな

熊倉隆輝
福島・福島西高等学校３年

くっきりと夕陽切り取るヨットかな

赤津百夏
茨城・並木中等教育学校５年

高二の夏二度とないのにステイホーム

鶴淵彩蘭
栃木・足利清風高等学校２年

吹替の声ずれてゐて扇風機

北村太希
群馬・高崎高等学校３年

秋めくや鎮痛剤を買ってくる
武 元気
群馬・高崎高等学校2年

大人気分心躍らすアイスコーヒー
市橋京佳
埼玉・浦和学院高等学校3年

父の日や母の見つめる祖父の背
秋池花宥
埼玉・星野高等学校1年

蜩やバットを振るふ校舎裏
大谷友也
埼玉・星野高等学校1年

靴擦れを忘れて食べるかき氷
田口楓香
埼玉・松山女子高等学校2年

蚊の刺した膝に成長痛が来た
清水一澄
千葉・芝浦工業大学柏高等学校2年

散り花を招きて燃ゆる花篝
伊藤翔太
東京・青梅総合高等学校3年

風まかせ今年は生るか柿の実よ
森田 光
東京・青梅総合高等学校3年

暑き日に汗が輝く体育祭
高津蒼杜
東京・荻窪高等学校3年

赤べこのやうに歩くやくまんばち
東風谷順正
東京・海城高等学校2年

顔に膝ぶつけて笑う秋日和
新井秀斗
東京・海城高等学校1年

蟬声や遅刻を叱る教師あり
江口直希
東京・海城高等学校1年

球児等の熱戦続く終戦日
戸塚愛水
東京・国士舘高等学校2年

北斎の波を浴びたし夏の果
近藤 舞
東京・豊島岡女子学園高等学校2年

うなじ涼し前の席の子まどろみて
中原妃華里
東京・豊島岡女子学園高等学校1年

クレヨンの青色減って秋近し
村山琥珀
東京・目黒学院高等学校1年

オンライン僕の気持ちはオフライン
亀ヶ谷京平
東京・目白研心高等学校１年

膝上のスカート丈の日焼けかな
石田楓香
東京・雪谷高等学校２年

歳時記からマスクが消えた令和二年
松田鈴
東京・雪谷高等学校２年

無の四月休み終わって虚の九月
吉田陽
東京・雪谷高等学校２年

月おぼろ鋏汚れてをりにけり
丹羽隆樹
東京・立教池袋高等学校２年

あをぞらを瓶が吸ひこむやうに秋
藤井万里
東京・立教池袋高等学校２年

教室は汗とメントールのにおい
栗原咲月
神奈川・小田原高等学校１年

帰り道海から掬った青い夏
山口花菜
神奈川・小田原高等学校１年

犬の瞳のうるみに落ち葉映りけり
海部 花
神奈川・慶應義塾湘南藤沢高等部1年

ここならば安心して暮らせる鮃
小野田達仁
神奈川・日本大学藤沢高等学校3年

油蟬聞こえずに食うブルーチーズ
山岸奈央
神奈川・法政大学第二高等学校3年

十七になり日焼け止めはよく減りぬ
岸本和穏
神奈川・横浜共立学園高等学校2年

缶ソーダ揺らし友情永遠に
沖田早和玲
神奈川・横浜翠嵐高等学校3年

麗日や人の悩みは聞かぬ君
小林怜子
神奈川・横浜翠嵐高等学校3年

寒の梅玄関ポストに錆赤く
小林怜子
神奈川・横浜翠嵐高等学校3年

朝の空羽いそがしく寒雀
岡本伊万里
神奈川・横浜翠嵐高等学校2年

海月の群かき分け進む佐渡汽船

青木美和
長野・長野清泉女学院高等学校3年

上京の一人住まいの炬燵かな

千賀しなの
長野・長野清泉女学院高等学校3年

厚底のブーツの少女聖夜かな

小林 蓮
長野・長野清泉女学院高等学校2年

広島忌爪のささくれ引きちぎる

小林 蓮
長野・長野清泉女学院高等学校2年

父まねて背伸び茗荷を冷奴

合津弘菜
長野・屋代高等学校1年

かき氷舌を見せ合う部員たち

合津弘菜
長野・屋代高等学校1年

告白の勇気コスモス揺らす風

岩佐流生
岐阜・鶯谷高等学校2年

幾年かと山見やる祖母終戦日

森 穂子
岐阜・鶯谷高等学校2年

漢字テスト落ちた放課後稲光

水田有香
岐阜・吉城高等学校２年

公園の細き轍に五月雨

大野幹太
静岡・静岡商業高等学校３年

鬼灯の皺に昨夜の雨残る

森 勇人
愛知・岡崎東高等学校２年

うららかに坊主は足を伸ばしけり

三宅航暉
愛知・名古屋高等学校３年

桜貝並べて君の名を刻む

網谷菜桜
三重・高田高等学校２年

花は葉に財布の底に鍵ひとつ

白川幹久
京都・洛南高等学校３年

風光るモネの絵葉書届きけり

山上莉央
京都・洛南高等学校２年

少年のクイズ出し合ふ九月かな

杉江 玲
大阪・大阪桐蔭高等学校３年

見つめあふために置かるるソーダ水
杉江 玲
大阪・大阪桐蔭高等学校３年

血管のざわつきだして春の闇
寺農七海
大阪・大阪桐蔭高等学校２年

カブトムシゼリーにつられカゴの中
宮本彩未
大阪・桜塚高等学校２年

バスの揺れさえも楽しや雲の峰
村上芽生
大阪・桜塚高等学校２年

春の海遠くに伸びる水平線
今村瑠香
大阪・天王寺高等学校２年

あたらしいジャングルジムや百日紅
太田貴士
兵庫・灘高等学校３年

ゼロカロリーコーラの苦味原爆忌
成山淳哉
兵庫・灘高等学校３年

お使ひのついでに踏んでゆく土筆
加須屋美菜
和歌山・向陽高等学校３年

雪解や梁におほらかなる太さ
加須屋美菜
和歌山・向陽高等学校３年

春雨や胸のあたりに聴診器
加須屋美菜
和歌山・向陽高等学校３年

ごめんねの眉によく似た毛虫焼く
岩橋咲耶
和歌山・桐蔭高等学校３年

せみしぐれ木登りした日々よみがえる
橋渡 夢
広島・広島新庄高等学校１年

胸元で手を振り返しチューリップ
清水瞳美
山口・徳山高等学校３年

見つかりし空の王墓や風薫る
清水瞳美
山口・徳山高等学校３年

問三を証明し終へ麦茶かな
清水瞳美
山口・徳山高等学校３年

立ち漕ぎの住職来たる薄暑かな
淺村芽衣
山口・徳山高等学校２年

生きるとは叫ぶことだと蟬の声

藤井崇弘
山口・徳山高等学校２年

日焼け跡消えるが思い出は消えぬ

豊福あずり
山口・柳井商工高等学校３年

まつさをな魚を摑みて多佳子の忌

八木大和
愛媛・今治西高等学校３年

ベクトルに平方根に汗にじむ

八木大和
愛媛・今治西高等学校３年

油絵の奥に闇あり秋に入る

川又心美
愛媛・今治西高等学校２年

新しき友にパスする夏の風

矢野知里
愛媛・今治西高等学校１年

炎天よ我を因数分解せよ

馬越大知
愛媛・今治西高等学校伯方分校２年

千羽鶴色褪せてゆく夏の果

馬場叶羽
愛媛・今治西高等学校伯方分校１年

蘭鋳や地球の深く歪みたる
芝田琴音
愛媛・宇和島東高等学校3年

口きけば始まる喧嘩唐辛子
藤尾美波
愛媛・済美平成中等教育学校4年

熊蜂の飛行や父の心電図
二神 栞
愛媛・新田青雲中等教育学校6年

星月夜深く汲みたる江戸切子
岡﨑 唯
愛媛・松山西中等教育学校6年

小春日の鳥来る白亜紀の地層
野村隆志
愛媛・松山東高等学校2年

黒南風やクジラの肺にゐるやうな
山根大知
愛媛・松山東高等学校2年

扇風機必要なのは切と強
元山晶斗
高知・高知商業高等学校3年

残響の声や夕焼の軋むべし
田中遼弥
福岡・修猷館高等学校2年

進路室入道雲のような壁

辻　愛生
福岡・福岡女学院高等学校２年

寒満月通ひなれたる一本道

佐伯正信
佐賀・唐津東高等学校２年

肩幅の広いあなたに毛糸編む

時任ひかる
長崎・佐世保北高等学校２年

夏休みコロナのせいで遊べんばい

田代すみれ
長崎・長崎女子高等学校１年

鳰追ひて手漕ぎボートのカメラマン

宮原孝周
熊本・熊本高等学校３年

炎天下楽器から出る私の本音

吉岡來海
熊本・熊本工業高等学校１年

卒業生からのメッセージ

過去に全国高校生俳句大賞で入選し、
第66回角川俳句賞を最年少で受賞した岩田奎さんからメッセージが届きました。

蛇

岩田　奎

第十九回　入選作品

入園の花のかたちの名札かな
桜蘂降るビストロの勝手口
老夫婦乗せて暮春の観覧車

飯島晴子という人がいます。晴子ははじめの五年ほど「馬酔木」という結社に投句していましたが、そこで主流だった抒情的な表現と訣別し、その頃の句を一切収めない第一句集『蕨手』を上梓します。佐藤文香さんが二十三歳の誕生日に出した第一句集『海藻標本』は、高校時代の佐藤さんを一躍有名にした俳句甲子園での最優秀句〈夕立の一粒源氏物語〉を収録しなかったことでも話題となりました。

いま原稿依頼をうけた私が当時「全国高校生俳句大賞」に応募した句を見返してみると……なんとまあ、はずかしいことか！　単に技術が足りないというのもそうですが、その上で当時との言葉への姿勢とでもいうべきものの違いを感じるのです。

しかし、私はこうも思います。過去の自句を見て、「はずかしい」と思えることこそが、自分の変化（あえて成長とは書きませんが）の証ではないかと。句を書くとは、まるで蛇が脱皮することによって生き存えてするすると進んでいくようなものではないでしょうか。当時の自分は、それなりに必死で、とにかく何でもいいから俳句として形になるものを書こうとしてもがいていたはずなのです。作品自体をいまの私が誇れないとしても、その経験自体は、確実に私の一部になっているはずです。こんな言い方をするのは、あるいは賞に失礼かもしれませんが、私はあえて高校生のみなさんに「書いて、書き捨てて前へ進む」ことをおすすめいたします。「若書き」を書きつづけましょう。私もがんばります。

岩田　奎（いわた・けい）　一九九九年京都生まれ。二〇一五年、開成高校俳句部にて作句開始。二〇一七年、第二十回俳句甲子園にて団体優勝・個人最優秀賞。二〇一八年、「群青」投句開始。櫂未知子・佐藤郁良に師事。同年、第十回石田波郷新人賞。二〇一九年、第六回俳人協会新鋭評論賞。同年、第六十六回角川俳句賞。俳人協会会員。

応募高校一覧（二五六校）

【北海道】旭川実業高等学校／旭川東高等学校／旭川龍谷高等学校／池田高等学校／津別高等学校／とわの森三愛高等学校／函館水産高等学校

【青森県】青森山田高等学校／三本木農業高等学校／七戸高等学校／十和田工業高等学校／八戸北高等学校／八戸工業大学第一高等学校／八戸商業高等学校／弘前高等学校

【岩手県】水沢高等学校／盛岡第三高等学校／盛岡中央高等学校

【宮城県】聖ウルスラ学院英智高等学校／仙台育英学園高等学校　宮城野キャンパス／仙台第一高等学校／古川学園高等学校／古川工業高等学校／涌谷高等学校

【秋田県】秋田北高等学校／秋田西高等学校／金足農業高等学校／クラーク記念国際高等学校　秋田キャンパス第２／能代西高等学校

【山形県】南陽高等学校

【福島県】安達高等学校／磐城緑蔭高等学校／ＦＳＧ高等部／郡山高等学校／須賀川桐陽高等学校／清陵情報高等学校／福島高等学校／福島西高等学校／保原高等学校

【茨城県】大成女子高等学校／つくば開成高等学校／つくば開成高等学校守谷学習センター／常磐大学高等学校／並木中等教育学校／水戸啓明高等学校／結城第二高等学校

【栃木県】足利清風高等学校

【群馬県】桐生高等学校／勢多農林高等学校／高崎高等学校／高崎商科大学附属高等学校／高崎女子高等学校／館林女子高等学校／前橋市立前橋高等学校

【埼玉県】浦和学院高等学校／大宮高等学校／埼玉平成高等学校／坂戸ろう学園／狭山経済高等学校／秀明英光高等学校／花咲徳栄高等学校／星野高等学校／松山女子高等学校

【千葉県】市川工業高等学校／上総高等学校／芝浦工業大学柏高等学校／流山高等学校／和洋国府台女子高等学校

【東京都】足立新田高等学校／N高等学校　代々木キャンパス／桜美林高等学校／青梅総合高等学校／大崎高等学校／荻窪高等学校／海城高等学校／開成高等学校／片倉高等学校／晃華学園高等学校／国士舘高等学校／成城学園高等学校／創価高等学校／瀧野川女子学園高等学校／東京都市大学付属高等学校／豊島岡女子学園高等学校／二松学舎大学附属高等学校／富士見丘高等学校／武蔵野高等学校／武蔵村山高等学校／目黒学院高等学校／目白研心高等学校／雪谷高等学校／立教池袋高等学校

【神奈川県】相原高等学校／小田原高等学校／上鶴間高等学校／上溝高等学校／川崎高等学校／鵠沼高等学校／慶應義塾湘南藤沢高等部／サレジオ学院高等学校／捜真女学校高等学部／相洋高等学校／桐蔭学園高等学校／日本大学藤沢高等学校／日々輝学園高等学校　神奈川校／平塚学園高等学校／平塚農商高等学校／法政大学第二高等学校／三浦初声高等学校／横浜共立学園高等学校／横浜氷取沢高等学校／横浜商科大学高等学校／横浜翠嵐高等学校／ろう特別支援学校

【石川県】穴水高等学校／金沢向陽高等学校／金沢商業高等学校／金沢錦丘高等学校

【福井県】武生高等学校

【山梨県】上野原高等学校／甲府商業高等学校／甲府第一高等学校

【長野県】小諸商業高等学校／長野清泉女学院高等学校／屋代高等学校

【岐阜県】鶯谷高等学校／済美高等学校／多治見西高等学校／富田高等学校／斐太高等学校／飛騨神岡高等学校／吉城高等学校

【静岡県】磐田農業高等学校／加藤学園高等学校／静岡県西遠女子学園高等学校／静岡商業高等学校／静岡農業高等学校／浜北西高等学校

【愛知県】旭丘高等学校／安城高等学校／岡崎東高等学校／刈谷東高等学校／幸田高等学校／大成高等学校／東海商業高等学校／東邦高等学校／豊川高等学校／豊橋西高等学校／名古屋高等学校／南山国際高等学校／南山高等学校女子部

【三重県】飯野高等学校／皇學館高等学校／セントヨゼフ女子学園高等学校／高田高等学校／三重高等学校／四日市高等学校

【京都府】洛星高等学校／洛南高等学校

【大阪府】大阪青凌高等学校／大阪桐蔭高等学校／大阪ビジネスフロンティア高等学校／大谷高等学校／大塚高等学校／関西創価高等学校／高津高等学校／桜塚高等学校／高槻高等学校／天王寺高等学校／箕面東高等学校

【兵庫県】愛徳学園高等学校／伊丹高等学校／神港橘高等学校／滝川第二高等学校／灘高等学校／白

陵高等学校／姫路高等学校／摩耶兵庫高等学校

【奈良県】 育英西高等学校

【和歌山県】 向陽高等学校／桐蔭高等学校

【鳥取県】 青翔開智高等学校／日野高等学校

【島根県】 出雲高等学校／江津高等学校

【岡山県】 岡山後楽館高等学校／倉敷天城高等学校／山陽学園高等学校／玉野高等学校／林野高等学校

【広島県】 因島高等学校／可部高等学校／広島新庄高等学校

【山口県】 高森高等学校／徳山高等学校／光丘高等学校／柳井学園高等学校／柳井商工高等学校

【徳島県】 徳島中央高等学校

【香川県】 善通寺第一高等学校／高瀬高等学校

【愛媛県】 今治西高等学校／今治西高等学校伯方分校／今治南高等学校／宇和島東高等学校／済美平成中等教育学校／聖カタリナ学園高等学校／新田青雲中等教育学校／松山中央高等学校／松山西中等教育学校／松山東高等学校／松山南高等学校

【高知県】 安芸桜ケ丘高等学校／高知小津高等学校／高知商業高等学校／中村高等学校西土佐分校

【福岡県】 朝倉高等学校／糸島高等学校／修猷館高等学校／城南高等学校／須恵高等学校／筑紫丘高等学校／中間高等学校／中村学園女子高等学校／福岡女学院高等学校／北筑高等学校／八女高等学校

【佐賀県】小城高等学校／唐津東高等学校／三養基高等学校
【長崎県】佐世保北高等学校／佐世保東翔高等学校／佐世保西高等学校／島原高等学校／島原翔南高等学校／純心女子高等学校／聖和女子学院高等学校／長崎女子高等学校
【熊本県】天草高等学校／熊本高等学校／熊本工業高等学校／玉名工業高等学校
【大分県】大分西高等学校／中津南高等学校／日本文理大学附属高等学校／由布高等学校
【宮崎県】高城高等学校／都城泉ケ丘高等学校／都城工業高等学校
【鹿児島県】指宿商業高等学校／大島高等学校／鹿児島南高等学校／松陽高等学校
【沖縄県】小禄高等学校／那覇商業高等学校／辺土名高等学校

あとがき

第二三集となります『17音の青春　２０２１』をお届けします。

二〇二〇年初頭より、私たちはあっという間に、新型コロナウイルスによるパンデミックに飲み込まれていきました。これまでのあたりまえの日常があたりまえでなくなり、俳句をめぐる環境も一変しました。句会や吟行を気軽に行うことができなくなり、季節の移ろいを肌で感じることが難しくなりました。しかし一方では、遠く離れた俳友とリモートで結ばれるなど、新しい試みも始まりました。一月後、一年後、私たちの日常はどうなっているでしょうか。家族や友達をはじめとする大事な人々と、無事にその日を迎えられる保証はどこにもありません。だからこそ、今感じ取れるものを一句に昇華させることが、ますます意味を持つのかもしれません。来年度もたくさんのご応募をお待ちしております。

学校法人　神奈川大学広報委員会
https://www.kanagaw-u.ac.jp/

選考委員

宇多喜代子（読売俳壇選者）
大串 章（朝日俳壇選者・俳誌「百鳥」主宰）
恩田侑布子（俳人・文芸評論家・樸《あらき》俳句会代表）
長谷川 櫂（朝日俳壇選者）
復本一郎（神奈川大学名誉教授・国文学者・神奈川俳壇選者）

賞

【入賞】

●最優秀賞（5作品） 賞状・奨学金5万円・記念品
●入選（65作品） 賞状・図書カード

※このほか、応募していただいた作品の中から、一句のみの入選として、「一句入選」を設け、優秀作品集に収録します。

【団体賞】

●団体優秀賞（3校）賞状・記念品
●団体奨励賞（3校）賞状・記念品

結果発表

2021年12月中旬に入賞者（最優秀賞、入選）・団体賞受賞高校（団体優秀賞、団体奨励賞）に通知します。

その他

入賞・その他の作品については、作者名とともに優秀作品集『17音の青春』をはじめ、ホームページ・雑誌・新聞等に掲載します。

▶お問い合わせ先

神奈川大学広報部「全国高校生俳句大賞」係
〒221-8686 横浜市神奈川区六角橋3-27-1
TEL 045-481-5661（代） FAX 045-481-9300
専用HP https://www.kanagawa-u.ac.jp/haiku/

第24回　神奈川大学全国高校生俳句大賞
募集要項

テーマ　詩型・季語・切れなどにとらわれず、あなたの感性で自由に綴ってください。部活・友情・スポーツ・勉強・受験・恋愛・家族。そして、自然・平和・政治・生命・宇宙……。

応募条件　高校生

※応募作品は、本人が創作した未発表の作品に限ります。他に発表した作品は認められません（書籍／インターネット／SNS等の発表も含む）

※著作権違反や虚偽記載があった場合は賞を取り消します。

※応募作品は返却いたしません。

※応募作品の著作権は、学校法人神奈川大学に帰属します。

応募方法　募集要項またはホームページからご応募ください。

※募集要項は2021年5月上旬に完成予定です。

※一応募につき必ず三句一組としてご応募ください。三句に満たないものは無効です。

※一人何通でも応募できます。

※高校での一括応募も受け付けております。

※収集した個人情報は本大賞の円滑な運営のために使用し、責任をもって管理します。

応募締切　2021年9月3日（金）必着

17音《おん》の青春《せいしゆん》　2021

五七五《ごしちご》で綴《つづ》る高校生《こうこうせい》のメッセージ

2021年3月25日　初版発行

編　者　学校法人《がつこうほうじん》 神奈川《かながわ》大学《だいがく》広報《こうほう》委員会《いいんかい》

発行者　宍戸 健司

発　行　公益財団法人 角川文化振興財団

〒359-0023　埼玉県所沢市東所沢和田3-31-3
ところざわサクラタウン　角川武蔵野ミュージアム
電話　04-2003-8716
https://www.kadokawa-zaidan.or.jp/

発　売　株式会社 KADOKAWA

〒102-8177　東京都千代田区富士見2-13-3
電話　0570-002-301（ナビダイヤル）
https://www.kadokawa.co.jp/

印刷所　旭印刷株式会社

製本所　牧製本印刷株式会社

装丁・本文デザイン　國枝達也
カバーイラスト　大宮いお
DTP　アメイジングクラウド株式会社

ISBN978-4-04-884409-3 C0092 Printed in Japan